VENTE

a Mercredi 4 Février 1903

HOTEL DROUOT, SALLE N° **6**

à 2 heures

OBJETS D'ART

ET

D'AMEUBLEMENT

ETOFFES — TAPISSERIES

Mᵉ PAUL CHEVALLIER, commissaire-priseur

MM. MANNHEIM, experts

CATALOGUE

DES

OBJETS D'ART

ET D'AMEUBLEMENT

FAÏENCES ET PORCELAINES

OBJETS DIVERS

Bronzes — Pendules

BOIS DE SIÈGES ET MEUBLES DES XVIIe ET XVIIIe SIÈCLES

Orfrois du XVIe siècle

ANCIENNES TAPISSERIES

TAPIS

DONT LA VENTE AURA LIEU

HOTEL DROUOT, SALLE N° 6

LE MERCREDI 4 FÉVRIER 1903

à deux heures

COMMISSAIRE-PRISEUR	EXPERTS
Me PAUL CHEVALLIER	**MM. MANNHEIM**
10, rue Grange-Batelière	7, rue Saint-Georges

EXPOSITION PUBLIQUE

Le Mardi 3 Février 1903, de 1 heure 1/2 à 5 heures 1/2

Don S. de Ric

CONDITIONS DE LA VENTE

Elle sera faite au comptant.

Les acquéreurs paieront *dix pour cent* en sus des adjudications.

L'exposition mettant le public à même de se rendre compte de l'état et de la nature des objets, il ne sera admis aucune réclamation une fois l'adjudication prononcée.

Paris. — Imp. de l'Art, E. Moreau et Cie, 41, rue de la Victoire.

DÉSIGNATION

FAIENCES ET PORCELAINES

1 — Deux bols et deux plateaux : fleurs et rinceaux, en porcelaine de Chine.

2 — Grosse bouteille, décor bleu : chiens de Fô. Porcelaine de Chine.

3 — Fontaine-applique avec couvercle en ancienne porcelaine de Chine, famille verte : branches fleuries, oiseaux et quadrillés.

4 — Vase en ancien céladon vert-clair de la Chine, à décor de personnages en bleu.

5 — Plat creux en ancienne porcelaine de Chine, décor doré, fond bleu-soufflé.

6 — Deux panses de vases en ancienne porcelaine de Chine, famille rose : personnages.

7 — Grande bouteille en ancienne faïence de Delft, décor bleu, fleurs et lambrequins.

8 — Grand porte-fleurs, décoré en camaïeu bleu de personnages. Ancienne faïence de Nevers.

9 — Groupe en ancienne porcelaine de Saxe : les Saisons figurées par des enfants.

10 — Statuette en ancienne porcelaine de Saxe : pêcheur grotesque.

11 — Deux sangliers assis, en ancienne porcelaine de Saxe.

OBJETS DIVERS

12 — Collier, argent et corail, avec croix.
(Vente de la tragédienne Rachel.)

13 — Broche, émail, à sujet allégorique, argent et pierreries.

14 — Petite broche, fleurettes, argent et pierreries.

15 — Epingle de coiffure, pierre de couleur, roses et argent.

16 — Petite broche, pierre de couleur et roses.

17 — Broche et paire de boucles d'oreilles, roses
et argent.

18 — Plaque de corsage, roses et argent.

19-20 — Petit plateau en filigrane d'argent, et deux
petits flacons en cristal et argent.

21 — Trois petits modèles de meubles, cuivre et
émail.

22 — Boîte ronde, vernie.

23 — Lot de boutons en cuivre, acier, etc.

24 — Lot de pièces de monnaie, argent et cuivre,
étui cylindrique en cuivre, étui chinois en
cuivre.

25 — 1 vol. Almanach pour 1820.

26 — Christ en ivoire sur croix, en bois noir.

27 — Quatre médaillons, à sujets saints, en os et
ivoire.

28 — Bouilloire en dinanderie.

29 — Médaillon : buste de femme en marbre

jaune, petit buste d'enfant en terre cuite ; petit groupe : l'Assomption, en bois.

30 — Figurine de fillette nue, debout, en albâtre, et petit buste-applique de Judith, en ivoire.

31 — Cave à liqueurs en bois de placage.

32 — Vase sur piédouche en cuivre gravé et argenté, à personnages et inscriptions. Travail persan.

33 — Quatre petits vitraux, à décor de personnages.

34 — Miniature ovale, Louis XV, portrait de femme en buste, corsage décolleté.

35 — Miniature ronde, Louis XV, femme et amour, fond de verdure.

36 — Miniature ronde, femme assise, en costume Louis XVI, un cahier de musique à la main, fond de verdure.

37 — Sonnette Empire en cuivre argenté.

38 — Aiguière et bassin en cuivre argenté, armoiries. xviie siècle.

39 — Petit rouet, bois et cuivre. xviiie siècle.

40 — Miniature : Portrait de femme, en corsage rose décolleté. Style Louis XVI.

41 — Châtelaine en or ciselé, de style Louis XV, avec breloques ; montre en or émaillé, à sujet champêtre du temps de Louis XV.

42 — Paire de petits pistolets à silex, garnis de cuivre. XVIIIe siècle.

43 — Rouet en bois tourné.

44 — Soufflet de foyer, laqué.

45 — Buste en marbre blanc, grandeur nature, de Marie-Antoinette.

46 — Figurine en ivoire de femme debout, vêtue à l'antique.

47 — Statuette en bois sculpté : Diane.

48 — Statuette en bois sculpté de femme debout.

49 — Deux pièces : coupe ronde en verre, à décor de bandes brunes, intérieur doré, travail antique ? et copie de la coupe précédente, par *Castellani.*

50 — Deux petits flacons en verre, émaillé noir, à sujets de chasse. Allemagne, XVIIe siècle.

51 — Coupe ovale, sur pied, à facettes, en cristal gravé : armoiries ducales. Allemagne, XVIIe siècle.

52 — Vase rectangulaire, à pans coupés, et avec couvercle, cristal gravé. Dessin de rinceaux et entrelacs avec oiseaux en liberté et en cage. Le couvercle forme flacon. Allemagne, XVIIe siècle.

BRONZES, PENDULES

53 — Aigle et brebis, en bronze.

54 — Deux lustres, avec potences, en fer forgé.

55 — Deux landiers avec traverse, pelle et pincettes, fer forgé.

56 — Statuette en bronze de femme debout, lisant. Signée : *A. Carrier-Belleuse*.

57 — Plafonnier en bronze et cristaux disposé pour l'électricité.

58 — Pendule Louis XV, sur socle-applique, en marqueterie et bronzes. Cadran signé : *Levilain, à Dieppe*.

59 — Pendule sur socle-applique en marqueterie
de cuivre sur écaille à rinceaux ; garnitures de
bronze, vase de flammes, encadrements, chutes
à têtes de femmes, feuillages. Cadran signé :
Bonneval, à Paris.

60 — Pendule Louis XVI en marbre blanc et
bronze, décor de guirlandes, rosaces et urne.
Cadran signé : *Hentschel, à Strasbourg.*

61 — Pendule en marbre blanc et bronze, à décor
de balustres et pilastres. Cadran signé : *C. F.
Mathey. Chaux-de-Fonds.*

62 — Pendule en bois, incrusté de nacre et garni de
cuivre. Décor de rinceaux.

MEUBLES

63 — Bureau à cylindre en acajou, garni de cuivres.
Dessus de marbre bleu-turquin. Galerie de
cuivre. Époque Louis XVI.

64 — Armoire normande en chêne sculpté, à médaillons, fleurs, fruits et moulures.

65 — Glace arrondie aux deux extrémités, dans un cadre en bois doré, à feuilles, tête de chérubin et petits bacchants. XVII° siècle.

66 — Paravent à quatre feuilles, en cuir gaufré, peint et doré, à vases de fleurs, palmettes et quadrillés du temps de Louis XIV.

67 — Deux chaises en bois, couvertes en velours rouge Renaissance.

68-69 — Quatre fauteuils à X, Renaissance, en bois sculpté, à décors légèrement variés d'imbrications. Ils sont couverts et munis de coussins de velours rouge.

70 — Fauteuil de bureau en bois sculpté, de style gothique ; siège canné.

71 — Fauteuil en bois sculpté, siège et dossier cannés, croisillon d'entrejambes. Époque Régence.

72 — Fauteuil en bois sculpté, couvert de cuir. Époque Régence.

73 — Tabouret à X, en noyer.

74 — Paravent à trois feuilles, en bois sculpté et

doré, et soie blanche, du XVII° siècle, avec broderie de métal et soies de couleurs, à décor de rinceaux ; au centre, figure de Vierge peinte.

75 — Deux bergères en bois doré, couvertes en tapisserie du XVIII° siècle, à fond blanc, et dessin d'oiseaux ; bordures rouges à fleurs.

76 — Écran en bois sculpté, feuille en velours rouge, avec bande en velours rouge, avec applications du XVI° siècle.

77 — Cabinet espagnol en bois avec ferrures, intérieur à tiroirs et portes peints et dorés ; sur support à portes et tiroirs également peint et doré.

78 — Canapé et quatre fauteuils en bois sculpté, couverts en velours, avec applications à dessin de rinceaux, médaillons, etc., du XVI° siècle.

79 — Meuble à hauteur d'appui en acajou et bronzes dorés, à décor de trophées d'armes et de feuillages ; il ferme à deux portes et contient deux tiroirs. Dessus de marbre blanc. Style Louis XVI.

80 — Paravent à quatre feuilles en satin crème, brodé à fleurs.

81 — Petit meuble vitré en bois de placage, à deux portes et deux tiroirs. Dessus de marbre blanc.

82 — Commode Louis XVI, à trois rangs de tiroirs, en bois de placage, garnie de cuivres. Dessus de marbre gris.

83 — Table-vitrine en marqueterie de bois de couleur hollandaise.

84 — Crédence en bois sculpté, à décor de personnages : oiseaux, rinceaux et colonnettes. Style Renaissance.

85 — Bureau plat rectangulaire en acajou, garni de cuivres ; dessus de cuir.

86 — Chaise-longue Louis XIV, en bois.

87 — Fauteuil Louis XVI, bois doré, couvert de tapisserie moderne, à personnages et animaux.

88 à 95 — Cinquante-huit pièces des XVIIe et XVIIIe siècles et de l'Empire : bois de fauteuils, tabourets, fumeuses, chaises. (Seront divisées.)

96-98 — Trois lits Louis XVI.

99 — Vitrine murale en fer, à fond de glace. *Maison Chamouillet.*

> Haut., 1 m. 54 cent.; larg., 1 m. 07 cent.
> Prof. 35 cent.

ÉTOFFES, TAPISSERIES, TAPIS

100 — Douze morceaux pour sièges en tapisserie au point. (Seront divisés.)

101 — Deux montants : bordures Renaissance.

102 — Deux paires de rideaux avec embrasses en étoffe à fond blanc et dessin de verdure et oiseaux.

> Long., 3 m. 30 cent. environ.

103 — Deux pièces : panneau de velours ciselé, à dessin rouge, et carré, xvie siècle, soutaches et paillettes.

104 — Six bandes, imitations de tapisserie.

105 — Carré, satin bleu et broderie, carré brocart rayé, bande velours rouge, et applications du xvie siècle.

106 — Encadrement de cheminée en velours rouge,
avec applications et broderie, à décor de rinceaux, emblêmes, etc., du XVIe siècle.

107 — Encadrement de glace en velours rouge,
avec applications à rinceaux, du XVIe siècle.

108 — Dessus de lit ou plafond en satin rose,
jaune et vert et broderie, rosace et fleurs.

109 — Six panneaux de velours rouge avec applications de broderie de métal.

110 — Orfroi en velours rouge et broderie de soie
et métal, à décor de trois saints personnages.
Italie, XVIe siècle. Encadré.

111 — Trois bandeaux en velours rouge, ornés
d'orfrois en velours rouge, broderie et applications de travail italien du XVIe siècle.

112 — Bande de tapisserie du XVIe siècle, à fleurs
et fruits ; montée sur panne verte.

113 — Bande en tapisserie du XVIe siècle : personnages et fruits.

114 — Deux bandes en tapisserie du XVIIIe siècle :
fleurs et rinceaux, fond marron.

115 — Bande en tapisserie du xviiie siècle · fleurs
et armoiries.

116 — Quatre bandes en tapisserie du xviiie siècle,
à fleurs, sur fond jaune.

117 — Tapisserie flamande du xvie siècle, à sujet
de style antique ; bordures à fond blanc, fruits,
fleurs et animaux.

Haut., 2 m. 80 cent.; larg., 2 m. 55 cent.

118 — Tapisserie-verdure : futaie, avec cours d'eau
et pont. xviiie siècle.

Haut., 2 m. 40 cent.; larg., 2 m. 10 cent.

119 — Quatre fragments de tapisserie du xvi^e
siècle : personnages, animaux, ruines, ar-
bustes, etc.

120 — Deux bandes variées de tapisserie : grosses
fleurs et rubans sur fond gris ; fleurs et oiseaux
sur fond marron, xviiie siècle ; et fragment de
tapisserie, à fond rouge, du xvie siècle.

121 — Tapisserie-verdure flamande avec habita-
tions et oiseaux ; bordures jaunes à fleurs et rubans. xviiie siècle.

Haut., 2 m. 55 cent.; larg., 3 m. 45 cent.

122-124 — Trois carpettes.

125 — Grand tapis de Smyrne : $4,65 \times 3,65$ environ.

126 — Grand tapis.